IRMGARD ROSINA BAUER

Der sperrige Stammbaum

Zur Autorin:

Irmgard Rosina Bauer ist 1956 in München geboren. Nach dem Studium der Erziehungswissenschaften widmete sie sich zunächst der Erziehung ihrer vier Kinder und unterstützte ihren Mann in der Organisation einer Delikatessen- und Weinimportgesellschaft. Auch, nachdem die Ehe in die Brüche gegangen war, entschied sie sich gegen den Schuldienst und für die Fortsetzung ihrer Selbstständigkeit, indem sie Aufgaben im Marketing und in der Unternehmenskommunikation mehrerer Konzerne übernahm. Reisen, allein oder mit ihren Kindern, auch als diese erwachsen waren, wurde ein neuer Schwerpunkt in ihrem Leben, über den sie seit 2016 mehrere Bücher verfasst hat. Mit ihrem zweiten Mann lebt die Autorin in München und Südfrankreich.

Viele Fotos und Hintergrundinformationen finden Sie auf www.irmgardrosina.de

Folgen Sie Irmgard Rosina Bauer auch auf Instagram Facebook Twitter YouTube

IRMGARD ROSINA BAUER

Der sperrige Stammbaum

Rosis (Lebens-) Reiseerzählungen Band 3

**Bibliografische Information der
Deutschen Nationalbibliothek**

Die Deutsche Nationalbibliothek verzeichnet
diese Publikation in der Deutschen Nationalbio-
grafie; detaillierte bibliografische Daten sind im
Internet über http://dnb.d-n.de abrufbar.

Projektmanagement:

Pageturner Production GmbH

Umschlaggestaltung: Sania Haschemi,

nach einer Idee von zero.media.net, München

Autorenfoto: Kitty Fried, Neubiberg

Buchsatz: Peter Kortz-Frankemölle

Lektorat: Marek Firlej

Korrektorat: Andrea Durst

Herstellung und Verlag:

BoD – Books on

Demand, Norderstedt

ISBN:978-3-7557-1386-9

Für Sweniy

Inhalt

Vorher

Wir interessieren uns doch alle für unsere Herkunft.

Alle?

Nun, fast alle, denn Wolframs Söhne in der Geschichte, die ich euch erzählen werde, lassen sich davon anscheinend nicht begeistern und verhalten sich eher sperrig. Was könnte denn das Interesse an der eigenen Herkunft so nachhaltig trüben, wie es in dieser Erzählung geschieht? Ist es die Angst davor, sich mit sich selbst zu beschäftigen? Ja, auch das gibt es. Viel Angst, die einen berät, mal lieber nicht genau auf die eigene Geschichte zu schauen. Es könnte ja etwas zutage treten, was das bisherige Weltbild erschüttert, was einen durcheinanderbringt. Könnte nicht endlich jemand eine geeignete Brille für zuträglicheres Erkennen erfinden, so wie es für besseres Sehen schon seit Langem üblich ist? Brillen wurden immer weiterentwickelt, es gibt Kontaktlinsen, die Lasermedizin schreitet stetig fort – warum nicht bald etwas Technisches für die Seele ausdenken? Anstatt auf den Mars zu fliegen, wäre eine Angstauslotmaschine eine tolle Sache, finde ich. So eine, die keine Nebenwirkungen hat, so etwas wie das Paradies auf Erden. Kriegen das die Menschen nicht endlich hin?

Viele Familien haben ihre »Leichen im Keller«, ohne dass jemand von außerhalb jemals davon erfährt. Doch wie soll man seine eigene Person als Teil des Systems »Familie« jemals begreifen, wenn man nicht darüber sprechen kann? Erkenntnisse aus der Psychologie besagen, dass derlei Altlasten sehr häufig der Grund für schwierige psychosomatische Krankheiten sind. Die Familie nimmt eine größere Bedeutung für die Persönlichkeitsentwicklung in unserem Leben ein, als wir uns eingestehen wollen.

Heerscharen von Profis geben in Büchern

Tipps zur Verbesserung der Kommunikation zwischen Mitarbeitern und/oder Führungskräften in Betrieben, zwischen Männern und Frauen im Allgemeinen, zwischen Eltern und Kindern, unter Geschwistern, in der Großfamilie und in noch vielen Bereichen mehr. Zahllose Kommunikationsseminare verkaufen sich in der Trainingsbranche für Persönlichkeitsentwicklung zu sehr hohen Preisen, und Kommunikationscoachs preisen im Internet und in den sozialen Medien ihre Techniken für besseres Miteinander an. Man möchte fast meinen, dass bei so viel gut aufbereitetem Fachwissen jeder Konflikt gelöst werden kann, dass sogar Kriege zwischen ganzen Völkern vermieden werden könnten. Aber ich wäre naiv, wenn ich die Konflikte, die in einer Familie stecken können, einfach ignorieren oder sie alle als lösbar hinstellen wollte.

Zwischen Frauke und Wolfram scheint es ein großes Geheimnis zu geben, das in seiner Komplexität einem Flug zum Mars gleicht. Was war da nur abgelaufen zwischen den beiden? Und kann man denn manche Dinge wirklich nicht klären?

»Der sperrige Stammbaum« erzählt eine lange Lebensreise, bei der viele Personen einsteigen, mitreisen, aussteigen, in verschiedenen Städten und Regionen Deutschlands leben, Menschen, die um- und wegziehen und sich neu orientieren. Es ist nicht nur eine Reiseerzählung, die sich zwischen Hannover, Braunschweig, Wolfenbüttel und München abspielt. Es ist eine moderne Familiensaga in Kurzform.

Reisen ist Leben,
wie Leben Reisen ist.
Jean Paul (1763–1825)

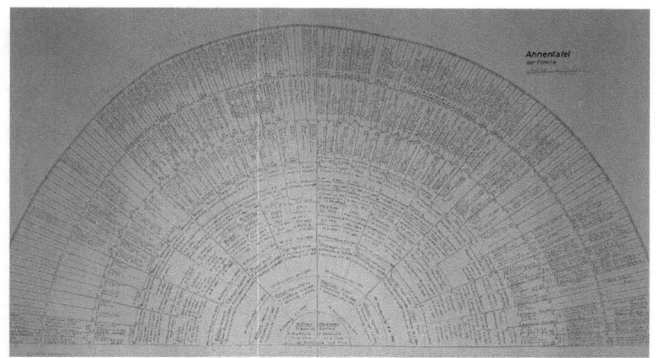

Eine gut gefüllte Ahnentafel gibt Aufschluss über die Verwandtschaftsbeziehungen über Generationen hinweg.

13

Der sperrige Stammbaum

Ob der Mann dort drüben vielleicht Michael war? Oder Alexander? Sie mussten sich eigentlich sehr ähnlich sehen, denn sie waren eineiig. Das war klar zu erkennen auf dem Foto, das inzwischen an Connys Küchentür hing. Es zeigte Wolfram auf der Couch, um die dreißig Jahre, mit langen, wilden Jimi-Hendrix-Haaren, im linken und rechten Arm jeweils einen kleinen Jungen haltend, der noch nicht laufen konnte.

Conny und Wolfram hatten sich in einen Torbogen der Arkaden zurückgezogen, um sich vor dem kalten Wind auf dem Adventsmarkt zu schützen. Connys rote Haare steckten allesamt unter einer bunten Wollmütze. Auf dem Bratwurstgrill vor ihnen lagen nur wenige Würste. Der Verkäufer wies selbstbewusst darauf hin, dass nur er die für Wolfenbüttel typische Spezialität verkaufe: die Bratwurst mit den gedrehten Enden. Die Würste sahen tatsächlich handgedreht aus, unregelmäßig gefüllt, wahrscheinlich waren auch nicht alle gleich schwer. Doch das war es nicht, was Conny kümmerte. Sie fühlte sich wegen anderer Dinge nicht wohl hier.

Sie beobachtete die vorbeieilenden Menschen, allesamt vermummt vor der Kälte. Vielleicht waren Michael und Alexander rein zufällig beide zusammen hier in der Stadt unterwegs. Doch sofort meldete sich ihre Vernunft. Warum sollten sie ausgerechnet an diesem Mittwoch gemeinsam den Adventsmarkt besuchen? Nur weil Conny zufällig an diesem Tag zum ersten Mal in ihrem Leben in Wolfenbüttel war!

Michael und Alexander waren in Wolfenbüttel aufgewachsen, ihre Mutter Frauke hatte hier mit ihrem zweiten Mann Henrich ein Haus gebaut.

»Mit meinem Geld!«, hatte Wolfram im ersten Jahr, in dem er mit Conny zusammen war, mit grimmigem Unterton noch gesagt. Entrüstet, gekränkt, immer noch aufgebracht. Siebzehn Jahre lang hatte er an Frauke Unterhalt für seine Söhne gezahlt. Frauke also hatte ein Haus gebaut und er, Wolfram, nicht.

»Mit dem Unterhalt für zwei Kinder kannst du kein Haus bauen! Da bleibt kein Geld übrig!«, hatte Conny mit Überzeugung dagegengehalten. Und brachte damit ihre eigene Erfahrung mit ein, denn auch sie hatte mehrere Kinder großgezogen, und auch aus ihrer Ehe war nicht viel Geld übriggeblieben für Hausbau und sonstige wertige Anschaffungen. Freilich hatte sie keine Erfahrung mit den Preisen in einer niedersächsischen Mittelstadt. Die waren vielleicht nicht mit denen in München zu vergleichen, rechtfertigte sie diesen Umstand vor sich selbst.

»Ich bin ja gespannt, ob du das Thema noch anpackst, bevor du tatterig bist, Papa«, hatte Wienke, seine Große, schon mal zu ihm gesagt. Conny wusste genau, dass Wienke nicht das Haus damit meinte.

Wolfram hatte wieder geheiratet, zwei Jahre nachdem Frauke ihm seinen Auszug zugunsten von Henrich nahegelegt hatte.

»Sie sagten zu Henrich schon Papa, noch bevor sie es zu mir sagen lernten!« Seine Stimme war eine Spur zu laut, und er breitete hilflos seine Hände aus, während er sich eine Zigarette drehte.

Wolframs Zwillinge waren ohne ihn aufgewachsen. Nicht, weil er es so wollte, sondern weil Frauke keinen Kontakt zuließ. »Nur mein Geld hat sie jeden Monat eingestrichen!«

Bald nachdem Frauke sich von Wolfram getrennt hatte, lernte er Sylke kennen und lieben, zog mit ihr nach Braunschweig, und die beiden bekamen in ihrer Ehe »drei wundervolle Töchter«. Wolfram sprach Conny gegenüber immer sehr liebevoll von Wienke, Leewja und Annieke. Das gefiel ihr an ihm, das schätzte sie an ihm, denn auch sie spürte ihrem ersten Mann gegenüber noch Verdrossenheit: Für diesen, so schien es ihr, waren Kinder willkommene Arbeitskräfte in seinem Betrieb gewesen.

Conny hatte sofort zugesagt, als er ihr vor-
schlug, Wolfenbüttel – trotz all seiner famili-
ären Altlasten – zu besuchen, was von Braunschweig aus mit dem Bus in einer halben
Stunde zu erreichen war. Seine Stimme klang
nach Stadtbesichtigung auf Touristenart.
»Wolfenbüttel ist eine historische Welfen-
stadt, sie nennt sich auch Renaissance-Stadt.
Es hat einen sehr schönen alten Stadtkern
und tolle alte Fachwerkhäuser. Und die Herzog August Bibliothek ist eine der wichtigs-
ten und schönsten Europas!«

Nun bot sich Conny ein beschaulicher An-
blick aus den Arkaden heraus, wo sie sich vor
dem eisigen Winterwind schützten und sich
den warmen Dunst des Bratwurstgrills ins
Gesicht blasen ließen, der den Geschmack
ihrer Bratwurstsemmel mit mittelscharfem
Senf aus dem großen Eimer nur noch ver-
stärkte. Nur wenige Menschen zog es durch
die Fußgängerzone.

Wolfenbüttel war größer, als sie erwar-
tet hatte. Und historischer. Hübsche Fachwerkhäuser reihten sich an den Straßen und

Plätzen aneinander, mit charaktervollem Charme, krumm und schief und verwinkelt. Sogar ein Schloss sollte es in der Stadt geben!

Die Herzog August Bibliothek hatten sie bereits besucht. Das weltbekannte Evangeliar von Heinrich dem Löwen konnten sie dort – hinter Glas – bestaunen; die prächtigen Farben, mit denen es illustriert ist, beeindruckten sie beide gleichermaßen. Doch war Conny auch sehr interessiert durch die Sonderausstellung gegangen und vor den ausgestellten Stammbäumen mittelalterlicher Herrschaftshäuser stehen geblieben. Dazu hatte sie bereits viel Wissenswertes mitbekommen. Wolframs Vater verbrachte nämlich die dreißig Jahre seines Rentnerlebens mit Ahnenforschung. Der widmete er sich mit großer Leidenschaft, Gründlichkeit und Sorgfalt. Er kannte alle für eine übersichtliche Darstellung notwendigen Regeln. Von ihm waren Conny bereits unterschiedliche Darstellungen von Familienstämmen geläufig: Den Stammbaum konnte man in der namentlichen Baumstruktur erstellen. Andere Vorteile beinhaltete eine fein säuberlich nummerierte Ahnentafel, so wie sie, als großformatige Kopie in einen würdigen Rahmen gesetzt, die breite Wohnzimmerwand in Connys und Wolframs gemeinsamer Münchner Wohnung bedeckte. In einem großen Halbkreis waren, ausgehend von der jüngsten Generation, links der Vater mit all seinen bekannten Vorfahren und rechts die Mutter mit den ihren fein säuberlich eingetragen und mit fortlaufenden Ziffern versehen. Dass dieses Prinzip nach einem gewissen Kekule benannt war, auch das hatte Conny bereits von ihrem Schwiegervater gelernt. Der älteste bekannte Ahne mit Wolframs Familiennamen Schepers war 1599 geboren und trug die beachtliche Ahnenziffer 2048.

Doch diesen Fürsten, deren Stammbäume hier in der Bibliothek von Wolfenbüttel ausgestellt waren, schien die Richtigkeit der Darstellung nicht so wichtig gewesen zu sein. Nein, die manipulierten sie nach ihren Interessen. Da wurde zum Beispiel eine dem

Fürsten bedeutsamere Linie in einer dicken, unübersehbaren Strichführung mit ausladender Bebilderung herausgestellt, und nur ein dünner, unscheinbarer Strich führte zu einem unehelichen Kind. Und der Name der Mutter? Für die Betrachtenden war zu erahnen, wo er stand, nämlich auf dem Teil der Pergamentrolle, für den auf dem Bild – so ein Pech aber auch – leider kein Platz mehr war.

Ein anderer Fürst hatte einen prächtigen Stammbaum malen lassen – jedoch war er in der Mitte exakt der Länge nach geteilt. Die eine Hälfte wurde mit kunstvoll verzierten Namen, Blättern und Blüten versehen. Für die andere Hälfte fehlte dann wegen der üppigen Dekoration auch hier der Raum. Eine geschickte Vertuschung unrühmlicher Verwandter. Oder ungeliebter. Oder unbekannter. Oder miteinander verfeindeter Linien.

Und Wolfram? Er träumte davon, die ausführliche Ahnensammlung seines Vaters fortführen zu können. Wie würde er aber seine ganze Vergangenheit in einen passenden Stammbaum pressen? Conny war seine dritte Frau. Mit Frauke war er drei Jahre verheiratet gewesen, mit Sylke fast zwanzig Jahre. Und seine Tochter Wienke war zwanzig, als sie den Satz zu ihrem Papa sagte: »Ich bin ja gespannt, ob du dieses Thema mit deinen Söhnen noch anpackst.«

Wienke erkannte sich plötzlich verwundert in der Rolle der sich opfernden Tochter, sie stellte Parallelen zum Leben ihres Vaters her. Inzwischen hatte sie sich in Hannover für das Studium »Modedesign« eingeschrieben.

Sie fand in dem lebhaften Szeneviertel Hannover-Linden eine schnuckelige kleine Wohnung im Erdgeschoss eines älteren Häuserkomplexes mit einem kuscheligen Innenhof, umgeben von weiteren solcher älteren Stadthäuser, in deren einem Sönke wohnte. Der war neugierig, wer denn da eingezogen war, und entdeckte aus seinem Fenster im ersten Stock, als die Dämmerung einbrach und noch kein Vorhang zugezogen war, eine junge Frau nach seinem Geschmack: schmal, zierlich, bekleidet mit einer bunten, weiten Aladin-Hose mit enganliegendem Top über ihren flachen Brüsten. Ihre dicken, schwarzen Dreadlocks hingen weit über die Schultern und über dem Kochtopf, in dem sie gerade rührte. Sönke ging hinunter in den Hof.

»Hi!«, rief er vor ihrem gekippten Fenster. »Das riecht aber gut!«

»Hi!«, antwortete sie erfreut lächelnd und öffnete den ganzen Fensterflügel, um besser mit dem Mann sprechen zu können, den sie wegen seiner Größe, seinen glatten, fülligen, dunklen Haaren und wegen seines betörenden Lächelns sofort anziehend fand.

»Magst du mit mir essen? Ich habe indisches Curry gekocht.«

Sie drückte auf den Türöffner, er kam hinein und folgte gerne ihrer Aufforderung, sich an den kleinen Tisch zu setzen. Sönke war auf Anhieb in Wienke verliebt. Schließlich hatte er schon längere Zeit entbehrungsreich gelebt, nachdem sich seine Freundin Kristina von ihm getrennt hatte, obwohl die beiden Zwillinge miteinander hatten.

Von nun an ging Wienke bei Sönke und er bei ihr ein und aus.

Thorben und Thore waren zwei Jahre alt. Wenn sie bei Sönke auf der anderen Seite des Innenhofes auf Besuch waren, kümmerte sich Wienke pflichtbewusst um sie. Sie holte sie von der Kita ab, kochte für alle vier das Abendessen – eine Indisch-Curry-Variante ohne Chili – und beschenkte sie immer mal wieder mit hübschen Jäckchen, Höschen und Mützchen, die sie auf dem Kunsthandwerkermarkt entdeckt hatte, und mit besonders schönem Holzspielzeug, das Sönke überaus zu würdigen wusste, denn er hatte sich als Tischler selbstständig gemacht. Sein Hauptauftraggeber war ein Kindergarten, für den er einen Spezialauftrag planen durfte: Er baute bunte, mobile, kniehohe, kreative Holztrennwände, die den Zweck hatten, den Kindern während der Betreuungszeiten die Möglichkeit zum Rückzug zu geben.

Ein Jahr später gebar Wienke Lennard. Wie selbstverständlich erhielt er in Wienkes Wohnung ein Bettchen, das Sönke gebaut hatte, und wie selbstverständlich waren häufig Thorben und Thore mit ihrem Papa auf Besuch und Wienke kochte, umsorgte, wickelte und stillte und verpasste immer öfter die Vorlesungen und Seminare und Praxiseinheiten ihres Studiums, bis sie gar nicht mehr hinging.

Immer mal wieder sagte Wienke zu ihrem Vater am Telefon oder wenn er sie besuchte: »Wann willst du denn das mit deinen Söhnen endlich regeln, Papa? Merkst du was? Ich habe jetzt die Zwillinge von Sönke in meinem Leben. Zwillinge! So wie du auch. Ist das aber nicht Übertragung? Übernehme ich hier eine Aufarbeitung, die eigentlich deine Aufgabe wäre?«

Immer öfter hatte Wienke das Gefühl, dass Kristina, die Mutter der Zwillinge Thorben und Thore, sie, Wienke, argwöhnisch beobachtete. Und sie spürte ihren geliebten Sönke im Zwist: Einerseits wollte er Wienke mit dem gemeinsamen Sohn Lennard unterstützen, andererseits aber auch Kristina, die schließlich noch ein drittes Kind in ihrem

Haushalt zu betreuen hatte. Das war Ole, sieben Jahre alt. Kristina war auch die Mutter von Ole. Sein Vater war schon bald nach Oles Geburt von Kristina weggegangen. Er bezahlte zwar den geforderten Unterhalt, doch ging er seiner Arbeit nach und holte Ole nur dann und wann am Wochenende zu sich und seiner neuen Frau.

Sönke nahm für Ole die Rolle des Ersatzvaters ein oder zumindest war er in die Organisation der Kinderbesuchszeiten stark eingebunden.

Dann verbrachten Wienke und Sönke zwei Wochen Urlaub in Italien, während Lennard und die Zwillinge bei Kristina oder der Großmutter bleiben durften. Auf dem Rückweg planten sie noch zwei Tage bei Conny und Wolfram in München ein.

»Wenn die Zwillinge bei mir waren und ich sie zurückbringe, ist Kristina sehr kühl und wirkt erledigungsmäßig. So, als ob sie als Sönkes erste Frau auf unsere Beziehung eifersüchtig wäre«, sagte Wienke unvermittelt, als die vier einen gemeinsamen Spaziergang an der Isar unternahmen. »Ob das an mir liegt?«, fragte sie in die Runde und sah dabei Sönke an.

»Nein, ich habe denselben Eindruck«, bestätigte er. »Dabei hat doch Kristina ebenfalls einen neuen Freund. Ich mag Erik, er ist ein netter Kerl.«

»Weißt du, ich beobachte den Umgang zwischen Sönke und Kristina sehr genau«, sagte sie dann nur zu Conny, als die beiden Männer für einen Moment außer Hörweite waren. »Mein Herz täuscht mich selten.«

Wienke beschloss spontan, noch eine Woche allein bei Papa und Conny in München zu bleiben. Mit ein wenig Abstand könne sie Klarheit über ihre Gefühle gewinnen, sagte sie. Tatsächlich äußerte sie nach einer Woche Conny gegenüber ein Ergebnis.

»Ich komme eigentlich nicht klar mit Sönke. Er denkt so anders als ich. Hat nur seine Tischlerei und seine Projekte im Kopf, auch am Wochenende und sogar im Urlaub. Das ist ihm so wichtig, er redet meist nur darüber. Ich habe in Italien kaum etwas von ihm gehabt. Eigentlich erfüllt er meine Sehnsüchte nicht. Seine Flausen für seine Arbeit gehen mir echt auf die Nerven und kosten mich viel Kraft und Organisation. Dabei wäre auch ich zur Künstlerin geboren!« Dabei lachte sie Conny verschämt herzlich an. »Warum soll eigentlich ich ihn und nicht er mich unterstützen? Das frage ich mich oft. Zwischen uns beiden kriselt es immer heftiger. Wir lieben uns und lieben uns nicht. Wir hassen uns und streiten uns und lieben uns wieder. Und da ist auch noch Kristina!« Ihre Stirn kräuselte sich sorgenvoll. »Ich werde mein Studium wieder aufgreifen. Mama und Sönkes Mutter werden an bestimmten Tagen Lennard in den Kindergarten bringen und abholen. Ich habe schon mit ihnen telefoniert.« Wienkes Mundwinkel zeigten ein schelmisches Lächeln. »Ich freue mich richtig auf mein neues Leben!«

Bald war wieder ein Jahr vergangen. Kristina hatte von ihrem neuen Freund Erik ein weiteres Kind bekommen. Yaris war ihr viertes. Der Junge zeigte bei seiner Geburt deutliche Symptome des Down-Syndroms.

Auch Wienke und Sönke hatten aus ihrem letzten Urlaub in Italien eine Überraschung mit nach Hause gebracht: Vor drei Monaten hatte sie ihr zweites Kind geboren, einen Jungen, den sie Faik nannten. Ihr geplantes Studium nahm Wienke auch diesmal nicht auf. Bald allerdings merkten die beiden, dass Faik ihre Beziehung nicht mehr kitten konnte.

Sönke zog wieder bei Kristina ein. Seine dunklen Haare fingen an, sich zu lichten. Er war inzwischen 34 Jahre alt und sorgte für Kristina, für den inzwischen zehnjährigen Ole, für Thorben und Thore, die seit sieben Jahren seine und Kristinas Kinder waren; und in dem Haushalt, den er erneut mit Kristina gegründet hatte, lebte auch der Down-Junge Yaris, dessen Vater Erik war.

Seine berufliche Selbstständigkeit und die damit verbundenen finanziellen Unwägbarkeiten hatte Sönke aufgegeben und sich in einem Tischlerbetrieb anstellen lassen, wo er regelmäßig zum Monatsletzten eine verlässliche Überweisung erhielt.

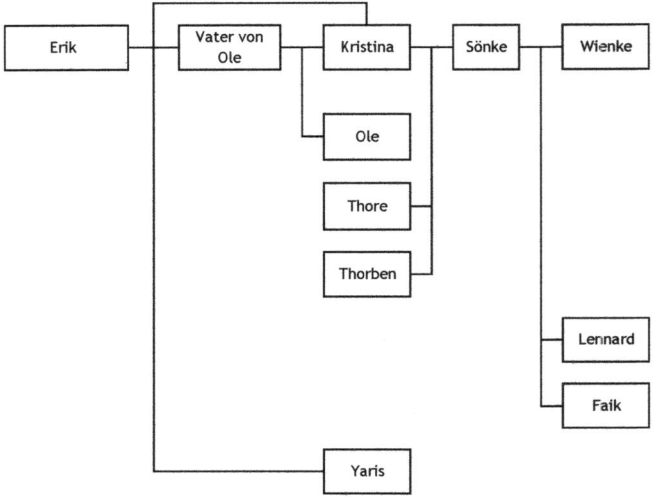

Obwohl – oder vielleicht weil? – nicht alle Personen mitein-
ander verwandt sind, gibt es doch reichlich Konfliktpotenzial.
Nicht alle Beteiligten schaffen es, die Gefühle, die sie wegen
dieser Situation haben, zu benennen und eine schwelende
Atmosphäre aufzulösen.

Und Wienke?

Hatte Anlass zu sagen: »Ich hab's ja gleich gewusst!«

Sie war nun siebenundzwanzig Jahre alt, immer noch zart und zierlich und hübsch, pflegte ihre Dreadlocks, die ihr inzwischen bis zur Hüfte reichten, und wenn ihre beiden

Jungen am Wochenende bei Sönke und Kristina waren und sie selbst mit Freunden ausging, scharten sich junge Männer um sie. Hie und da ergab sich eine mehrwöchige Beziehung mit einem Mann, der so wie sie Dreadlocks trug und weite bunte Pumphosen. Keiner von ihnen konnte jedoch ihrem Anspruch, die Partner- und Vaterrolle für ihre zwei Kinder einzunehmen, standhalten.

Der gesetzlich verpflichtende Unterhalt für Lennard, Faik und Wienke fiel nicht hoch aus, Sönkes Lohn reichte nicht für alles. Wienke beantragte Hartz IV. Sie lebte sehr bescheiden und kam damit über die Runden. Wienke liebte ihre Kinder über alles und zeigte viel Willenskraft bei all der nötigen Organisation, doch manchmal war es ihr einfach zu viel und sie war am Verzweifeln. Dann unterstützte ihre Mutter Sylke sie im Haushalt und nahm ihr tageweise die Kinder ab.

Und Wolfram, Wienkes Vater?

So gerne und von ganzem Herzen er sich auch entschlossen hatte, zu Conny nach

München zu ziehen, sich auf die riesige, unüberschaubare Großstadt einzulassen, mit Conny zusammen noch mal ein neues Leben anzufangen und ihr alle Wünsche von den Augen abzulesen, so sehr vermisste er auf der anderen Seite seine drei Töchter, die lieber in ihrer gewohnten Umgebung im Norden Deutschlands samt der Nähe zu ihrer Mutter Sylke hatten bleiben wollen. Wolfram besuchte die drei, wenn möglich, alle vier bis sechs Wochen. Dazu schloss er sich frühzeitig mit ihnen zusammen, denn jede von ihnen wäre enttäuscht gewesen, wenn Papa angereist käme und sie gerade dann vielleicht einen anderen Termin mit Freunden ausgemacht hätte.

Nun standen Wolfram und Conny unter den Lauben in der Fußgängerzone von Wolfenbüttel. Beide hingen ihren Gedanken nach.

Conny war es immer noch völlig unverständlich, dass sich über so viele Jahre die Parteien, wie sie es in Gedanken nannte, nicht angenähert hatten. Was auch immer gewesen sein mochte, sie wusste ja nicht alles und brauchte auch gar nicht alles aus dem Vorleben ihres Mannes zu wissen – doch hatte sie im Umgang mit schwierigen Personen immer die Erfahrung gemacht, dass Zeit Wogen glättete und Wunden heilen ließ. Auch hier konnte doch die Zeit nicht spurlos vorübergehen! Da musste sich doch in den Herzen etwas tun!

Da, sah der junge Mann dort drüben nicht ein wenig aus wie Wolfram? Auch die Statur könnte passen: schlank und nicht besonders groß, kräftige, dunkle Locken, hellblaue Augen.

Hingehen und ihn ansprechen? Etwa so: Hallo, sind Sie vielleicht Michael oder Alexander?

Nein, auch sie hatte nicht den Mut. Einfach so – das war auch ihr unangenehm. Sie hatte ja schließlich die Ausrede: Ist nicht mein Leben. War sie ebenfalls feige? So wie alle anderen Beteiligten auch? Da hatte sich ein System etabliert, das in sich stabil war mit all seinen ächzenden Ecken und Kanten, aber es hielt. Warum also etwas ändern? Never change a running system, eine Faustregel aus der Computerbranche, passte die nicht auch hier, in dieses Leben? Oder musste sie etwa, wie auch dort manchmal, neu überdacht werden?

Wolfram hielt indessen seine Stellung als Opfer:

Schließlich war es Fraukes Schuld gewesen. Frauke hat schließlich mich hinausbefördert! Michael und Alexander fingen gerade erst zu sprechen an, da redeten sie schon Henrich als Papa an.

Frauke hat schließlich dafür gesorgt, dass die Jungs zu mir keine Beziehung aufbauen konnten.

Schließlich hat Frauke meine Zwillingssöhne von mir ferngehalten.

Frauke hat schließlich nur jeden Monat mein Geld eingestrichen und sich davon ein Haus gebaut.

Frauke hat die Zwillinge schließlich gegen mich geimpft und mir gar keine Chance gegeben.

Ich habe ja immer versucht, mit den Jungs Kontakt aufzunehmen, aber da kam immer nur Ablehnung von Frauke.

Frauke hat mit Henrich eine Tochter bekommen. Nur wenige Monate nach unserer Trennung.

Inzwischen waren noch einige Bratwürste an Passanten verkauft worden, doch der Grillmeister hatte keine weiteren aufgelegt. Conny und Wolfram standen immer noch an derselben Stelle unter den Arkaden. Das Wetter lud nicht zu einem Bummel durch die Fußgängerzone ein. Die wenigen Passanten, die an einer Hand abzuzählen waren, vermummten sich hinter den hochgeschlagenen Krägen und tief ins Gesicht gezogenen Kapuzen ihrer Mäntel.

Hier also in Wolfenbüttel wohnte Frauke immer noch. Und Michael und Alexander, dachte Conny. Ohne, dass sie es anregte, fasste Wolfram seine Gedanken in Worte.

»Frauke hat sie immer wieder angestachelt. Damals, als die beiden neunzehn waren, klagten sie sogar gegen mich, das habe ich dir schon mal erzählt. Dass ich noch weiter Unterhalt zahlen müsste, forderten sie, obwohl sie schon volljährig waren und bereits eine Ausbildung absolviert hatten, also selber Geld verdienten. Michael und Alexander konnten nicht akzeptieren, dass der Richter mir recht gab.«

»Und dann? Was hast du gemacht? Die Söhne klagen gegen den Vater! Für mich ist das eine Horrorvorstellung!«

»Für mich auch«, fuhr Wolfram fort und kramte den Tabakbeutel aus seiner Jackentasche. Dann schwieg er wieder.

»Ich kann mich noch an den unheilvollen Brief von Alexander erinnern. Was war da mit dem Schufa-Eintrag? Magst du es mir erzählen?«

Wolfram drehte sich eine Zigarette und zündete sie hinter vorgehaltener Hand umständlich an. Hochkonzentriert zog er daran. Dann begann er.

»Durch einen Freund aus der Gegend hier, der zur Prüfungskommission der Handwerkskammer Niedersachsen gehörte, hatte ich erfahren, dass beide ihre Gesellenprüfung abgelegt hatten.«

Es folgte eine lange Pause, als ob Wolfram in eine andere Welt abtauchen würde. Dann fuhr er fort.

»Zur Abschlussfeier und Ausstellung der Prüfungsstücke fuhr ich nach Wolfenbüttel. Allerdings konnte ich meinen Arbeitsplatz aufgrund erhöhten Arbeitsaufkommens nicht rechtzeitig verlassen, sodass ich erst verspätet zu den Feierlichkeiten erschien. Sehr schade, aber so war es leider.«

Die Zigarette war zu Ende, und er verteilte den Tabak so langsam und umständlich auf dem nächsten Zigarettenpapier, als ob es seine erste Selbstgedrehte wäre. Er führte sie zum Mund, um sie mit Speichel zu befeuchten. Conny fragte sich, ob es die Kälte war, die seine Finger so zittern ließ.

»Inzwischen waren sie also volljährig und verdienten ihr eigenes Geld. Dass es nun an der Zeit war, meine Unterhaltszahlungen einzustellen, war ich meiner Frau Sylke und meinen drei Töchtern schuldig, fand ich. Das ging aber nicht einfach so, weil man Unterhaltszahlungen nur durch ein Urteil vom Familiengericht beenden kann. Ich bemühte mich um einen Rechtstitel und erhielt einen Termin. Übrigens war auch ihre Mutter Frauke dann bei der Verhandlung anwesend.«

Er hatte darauf geachtet, dass der Wind den Rauch seiner schon zum Stummel zusammengeschrumpften Zigarette Conny nicht ins Gesicht wehen konnte. Lange Zeit sah er ihm nach.

»Die Kosten für dieses Verfahren wurden Michael und Alexander auferlegt. Sie kamen dieser Zahlungsverpflichtung aber mehrere Monate nicht nach. Irgendwann hat wenigstens Michael den aufgelaufenen Betrag überwiesen. Auf dem Überweisungsbeleg stand als Betreff ‚Knechtschaftsbeitrag‘.«

Wolfram zog kräftig an seiner Zigarette und sah weit über den Marktplatz hinaus, als ob die Häuser seinen Blick nicht begrenzen würden.

»Ich musste also bei Alexander den Gerichtsvollzieher einschalten, der kraft seines

Amtes dessen Lohn pfändete, um auch von ihm mein Geld zu bekommen. Der Schufa-Eintrag ging nicht von mir aus, sondern war eine rechtliche Folge dieser gerichtlich angeordneten Pfändung, er war also an den Prozess gebunden.«

Conny blickte in Wolframs Gesicht. War es die Kälte, die es so fahl erscheinen ließ?

»Du hast also in all deinen Bemühungen recht bekommen, verstehe ich richtig?«, fragte Conny nach.

Langsam sprach er weiter.

»Ja, das Gericht gab mir in allem recht.«

Er ließ eine lange Pause verstreichen, bis er fortfuhr.

»Beim Durchschauen der gerichtlichen Unterlagen vom Anwalt der Jungs entdeckte ich immer wieder Textpassagen, die bei mir selbst nach Jahren immer noch heftige negative Gefühle auslösten. Entweder waren die Sachverhalte falsch oder sie wurden zumindest stark verdreht dargestellt. Sie verletzten mich zutiefst. Ich wollte mich dem nicht mehr aussetzen und habe im Rahmen eines

Umzugs alles, auch meine eigenen Notizen, weggeworfen. Deshalb weiß ich manche Einzelheiten nicht mehr so genau.«

Er drehte sich eine Zigarette.

Conny hatte nie verstanden, dass sich Familien nicht zusammenfanden. Sie kannte das nicht. Eine Familie hält zusammen, das war das Credo in ihrer eigenen Familie gewesen, in Freud und in Leid. Sie hatte in München, als sie schon zusammenwohnten, Wolfram überredet, noch mal einen Brief an den einen Sohn, dessen Adresse er kannte, zu formulieren. Sie hatte ihm vorgeschlagen, ein aktuelles Foto von ihm in den Brief zu legen und hatte es mit ihm zusammen ausgesucht.

Sie hatte gesehen, wie Wolfram bangte, als er den Brief in den Briefkasten steckte. Wie er litt. Er wollte doch! Er hatte zwei Söhne und wollte auch mit ihnen gut sein. Wollte, dass sie und er einen Weg aus dieser vertrackten Situation herausfanden. Conny beobachtete, wie das Firmungsfoto, das wohl das letzte war, das Frauke geschickt hatte, auf

Wolframs Schreibtisch die Position änderte. Mal links, mal rechts, mal oben, mal unten. Und noch ein Foto gab es, aus der Zeitung ausgeschnitten und in einen Rahmen gepresst. Darauf war ein junger Mann beim Gesellenabschluss der Tischlergilde abgebildet, der Wolfram unglaublich ähnlich sah – und den Nachnamen Udolph trug.

Es war an einem Wochenende, sechs Wochen danach.

Conny sah, wie Wolfram gefühlt jede halbe Stunde auf die Terrasse trat und sich eine Zigarette nach der anderen drehte. Zu Mittag hatte er keinen Hunger auf den Braten und die Semmelknödel, deren Duft durch das Haus zog. Er war blass, als er sich in der Küche einen Kaffee machte.

»Hast du Nachrichten?«

Wolfram nickte nur.

»Komm mit«, sagte er, und sie folgte ihm zu seinem Schreibtisch, wo er einen Brief liegen hatte, den er ihr gab. Sie zog den Brief heraus und las:

Sehr geehrter Herr Schepers,
ich bitte Sie, den Briefwechsel mit mir
ab sofort einzustellen. Ich sehe keine Ver-
anlassung für einen Kontakt mit Ihnen.
Im Übrigen bitte ich Sie, den seinerzeit
gegen mich vorgenommenen Schufa-Ein-
trag löschen zu lassen.
Alexander Udolph

»Das ist mir unbegreiflich!«, sagte Conny. »Nach so langer Zeit immer noch so verhärtet. Was war da nur los?«

»Frauke hat sie nachhaltig gegen mich geimpft«, war immer wieder seine Antwort.

»Das alles ist ja so lange her. Brauchst du den Schufa-Eintrag noch?«

»Nein, du hast recht. Ich kann den Schufa-Eintrag löschen lassen. Mir war gar nicht bewusst, dass er noch besteht.«

Nur langsam erholte sich Wolfram von dem Brief. Noch Wochen später sah Conny ihm die Bedrückung in seiner geduckten Haltung an.

»Hast du den Eintrag löschen lassen?«

»Ja, habe ich. Danke für dein Mitfühlen«, sagte er und nahm seine Frau fest in den Arm.

Seinen sechzigsten Geburtstag feierte Wolfram im engsten Familienkreis in München. Also mit Connys Kindern, und auch Wolframs drei Töchter hatten die weite Reise und die Kosten, die für sie als Gymnasiastin, Studentin und Hartz-IV-Empfängerin hoch waren, auf sich genommen, um Papas Geburtstag beizuwohnen. Seit Wolframs und Connys Hochzeit zwei Jahre zuvor hatten sich ihre Kinder aus dem Süden und dem Norden der Republik nicht gesehen. Jetzt brachten sie ihre Partner mit, ein Enkel lief herum und es herrschte eine fröhlich-junge Stimmung im Haus.

Ein Familienfoto machen mit allen? Ja klar! Es bildete die vierzehn jungen Menschen plus Kind ab, mitten unter ihnen thronte ein strahlender Wolfram. Seine Conny hielt er fest im Arm.

»Schick doch das Foto an deine Söhne!« Conny konnte nicht anders, sie musste doch dranbleiben!

»Eine gute Idee!«, sagte Wolfram und ließ in der folgenden Woche einen Ausdruck machen, den er in eine hübsche Karte steckte und an die ihm bekannte Adresse sandte.

Conny befürchtete Schlimmes, doch der Brief kam nicht zurück.

Das Thema blieb ein Thema. Wenn Conny mit Wolfram gemeinsam seine Töchter im Norden besuchte, was ihr neben ihrer Arbeit im Durchschnitt alle zwei Jahre gelang, schnitt sie es immer wieder an. Weil es ihr so unbegreiflich war, dass von keiner Seite eine Annäherung in Gang kam.

Welche Möglichkeiten gab es denn für eine Lösung?

Einfach mal hinfahren und an der Haustür klingeln. Die Briefadresse war ja bekannt.

Oder ein Blind Date ausmachen.

Oder die Mädels taten sich zusammen und wagten einen spontanen Besuch.

Oder einer von Connys Söhnen fuhr mal gen Norden und nahm unverbindlich Kontakt auf.

Oder Wolfram lud seine Söhne für ein Wochenende nach München ein, Bahnticket und Hotelbuchung inklusive. Oder an die nähere Nordsee, die Conny und Wolfram beide liebten und wo sie gerne ein paar Tage dranhingen, wenn sie gemeinsam im Norden waren.

Bestimmt würde man die Geschichte in einem entsprechenden Hollywoodfilm mit einer von diesen Ideen auflösen.

Dann keimte in der Realität wieder Hoffnung auf:

Es waren weitere fünf Jahre vergangen, auch Wolframs jüngste Tochter Annieke hatte inzwischen das Abitur gemacht und entschloss sich, den Studiengang Unternehmensrecht zu absolvieren, der an der Ostfalia Hochschule Wolfenbüttel angeboten wurde.

Wolfenbüttel! Die Stadt voller Familienmystik. Ob sich da nicht endlich etwas aufklären ließe?

Annieke wohnte in der Nähe ihrer Mutter Sylke und deren neuem Ehemann Pietje in Braunschweig und pendelte täglich von Braunschweig nach Wolfenbüttel.

»Ich habe auf einer Party Kathi kennengelernt«, erzählte Annieke, als Conny mit Wolfram auf Besuch war. »Die ist mit meinem Halbbruder Alexander in einer Clique. Ich könne mich gern mal melden, hat er wohl zu ihr gesagt.«

»Das klingt ja toll!«, reagierte Conny begeistert. Da schien sich ja endlich eine Tür aufzutun. Junge Leute konnten doch ganz anders miteinander! Sie waren unverkrampfter, offener, konnten sich belanglos an der Bar einfach mal gegenseitig vorstellen, miteinander quatschen – und dann würde man weitersehen.

Wieder zurück in München, lebten Conny und Wolfram einfach ihr Leben.

Conny arbeitete, Wolfram verbrachte als Elektroingenieur sein letztes Jahr vor dem Renteneintritt, Connys Kinder schlossen die Uni in München ab, zogen einer Arbeit oder einer Freundin oder einem Freund nach. Nach dem ersten Enkelkind erblickten weitere das Licht der Welt und Conny und Wolfram lernten, immer glücklicher die Oma- beziehungsweise Oparolle auszufüllen.

Annieke hatte ihr Studium in Wolfenbüttel beendet und fand die perfekte Anstellung bei Volkswagen in Wolfsburg.

»Konntest du mal mit Alexander zusammentreffen?«, fragte Conny, als sie bei ihr, wie jedes Jahr, anrief, um zum Geburtstag zu gratulieren. »Ach nee, das hat sich nicht ergeben«, antwortete sie ausweichend.

»Ah«, sagte Conny nur und versuchte, in ihrer Stimme keine Resignation anklingen zu lassen. Was sollte sie sich in dieser Sache größere Gedanken machen als die Betroffenen selbst? Es war ja wirklich nicht ihre Sache, die Altlasten ihres Mannes und seiner Ex-Familien aufzuarbeiten.

Eines Tages fand Leewja, Wolframs mittlere Tochter, ihren Halbbruder Michael auf Stayfriends und gab diesen Fund als Tipp an ihren Papa weiter. Der meldete sich in dem sozialen Netzwerk sofort als Premiummitglied an.

»Michael spielt ebenfalls in einer Band, so wie ich damals als Student«, scholl es von Wolframs Schreibtisch ganz begeistert herüber, wenn er wieder mal Stayfriends besucht hatte. Oder:

»Michael besitzt ein Kanu, so wie ich!« Oder:

»Michael war gestern auf meiner Profilseite.«

»Ob auch Michael und Alexander schon Kinder haben?«, fragte Wolfram manchmal.

Und dann freute er sich über eine Querverbindung: Maiken Udolph. Alle ihre Angaben auf Stayfriends deuteten darauf hin, dass sie Michaels Ehefrau war. Und da war noch etwas zu sehen, was ihn begeisterte: Sie hatte auf ihrem Profilfoto ein etwa achtjähriges Kind bei sich.

»Also bin ich schon wieder Opa«, freute sich Wolfram.

»Dann schick doch deinem Enkel mal ein kleines Geschenk!«, schlug Conny vor.

Wolframs Gesicht verfinsterte sich. Er schwieg.

»Weißt du«, sagte er dann, »meine Eltern haben viele Jahre an Michael und Alexander zu jedem Geburtstag und zu jedem

Weihnachtsfest ein Geldgeschenk in den Briefumschlag mit den Glückwünschen gesteckt, ja, an jeden Enkel einzeln. Sie wollten sie anerkennen, ihnen anzeigen, dass sie auch Großeltern hatten. Nie, niemals kam da ein Dankeschön, nicht ein einziges Mal. Das hat meine Eltern sehr gekränkt.«

Conny wusste dazu nichts mehr zu sagen.

»Hast denn du als Papa deinen Söhnen mal zum Geburtstag ein Geschenk zukommen lassen?«

»Natürlich habe ich ihnen, als sie klein waren, per Post immer neues Spielzeug geschickt!« Seine Stimme klang aufgebracht und trotzig. »Aber von Freunden weiß ich, dass meine Geschenke nicht richtig angekommen sind. Frauke hat meinen Söhnen wohl erzählt, meine Spielsachen seien von Onkel und Tante.«

Conny schüttelte innerlich den Kopf. Was war da nur gewesen? Wolfram musste Frauke ebenfalls sehr verletzt haben, dass sie sich so unumkehrbar ablehnend verhielt.

Sie betrachtete ihr früheres Engagement

inzwischen als Einmischung. Immer wieder sagte sie sich: Das ist nicht mein Leben, sondern seins. Sie musste nur darauf achtgeben, dass sie sich nicht runterziehen und ihre Laune verderben ließ. Wie oft musste sie sich selbst gegen ihre eigene Mutter und ihren Vater wehren, die immer nur ihr Bestes wollten – und zwar auf deren Weise.

Sie war Wolfram dankbar, dass er ihr das vorlebte: Er mischte sich nie in die Angelegenheiten seiner Töchter ein. Fuhr immer noch vier- bis fünfmal pro Jahr auf Besuch zu ihnen, verbrachte mit ihnen – einzeln oder meist, wenn es sich einrichten ließ, gemeinsam – schöne Stunden. Keine von ihnen hielt sich zurück, und sie erzählten ihm sehr vieles sehr offen aus ihrem Leben, aus ihrem Alltag. Wolfram war immer ein geduldiger Zuhörer. Dann fuhr er wieder zu ihr, Conny, nach Hause. Ohne dann eine Wertung über das Leben der Töchter abzugeben. Manchmal hätte sich Conny sogar mehr Einmischung von ihm gewünscht. »Du kannst doch nicht alles einfach hinnehmen«, sagte sie. »Manchmal muss man doch als Eltern auch was sagen!«

Wolfram aber suchte Harmonie. In Problemen zu wühlen war nicht sein Ding.

»Über meine Gefühle habe ich erst spät zu reden gelernt«, erklärte er Conny einmal in einer der häufigen Situationen, da sie von ihm mehr Meinung hören wollte. »Und ich kann es immer noch nicht gut. Bin ja auch nur ein Mann«, sagte er, lachend.

Und Conny hatte gelernt, dass es große Vorteile hatte, wenn einer nicht immer und sofort seine Meinung zu allem und jedem kundtat, wenn er bedächtig war – und das Impulsivsein ihr überließ. So vermieden sie über die Jahre viel Streit. Denn Gelegenheiten dazu hätten sie, wäre es nach ihr gegangen, genug gehabt. So oft hätte man unterschiedlicher Meinung sein können. Doch er konnte sich immer zurückhalten und so ihre Leidenschaft und Erregung, mit der sie auf Ereignisse meist reagierte, immer öfter abkühlen.

»Papa, ich muss mir rechtzeitig Urlaub nehmen«, mahnte seine Tochter Leewja, die ihr Studium als Architektin abgeschlossen hatte und seit Kurzem in Salzgitter in einem Planungsbüro arbeitete. Es war wieder eines der Jahre, in denen Wolfram mit Conny nach Norden auf Besuch gefahren war. »Du hast doch Ende des Jahres deinen Siebzigsten. Machst du da ein Fest oder so?«

Wolfram war genauso überrascht wie Conny. Er genoss zunehmend an seinem Rentnerdasein, nichts mehr planen zu müssen. Und auch Conny hatte diese Zahl nicht in ihrem mittlerweile grauhaarigen Hinterkopf. Sie selbst war gerade zweiundsechzig geworden.

Siebzig! Ja, klar musste man da ein Fest oder so veranstalten. Vielleicht sogar im Norden feiern?

Die Überbrückung der an die siebenhundert Kilometer für ihre Kinder in München und seine Kinder im Norden war ja nicht einfach, denn alle waren inzwischen ins Arbeitsleben eingebunden. Natürlich musste das geplant sein, wenn alle dabei sein sollten! Wochenende, Übernachtungen, die Enkelkinder, Essen für alle … Wolfram und Conny waren schon ein paar Jahre zuvor aus dem großen Haus, das die Kinder nicht mehr brauchten, in eine kleinere Wohnung mitten in der Stadt gezogen. Da war eine große Feier nicht möglich.

Da fiel ihm Pietje ein. Er war seit fünfzehn Jahren mit Sylke verheiratet. Wolfram und er sowie Sylke als seine Exfrau und als die Mutter seiner drei Töchter pflegten ein offenes, lockeres Gesprächsverhältnis. Pietje, der war doch in diesem Wintersportverein! Und hatte Zugang zu dieser großen Hütte im Harz, wie hieß die noch mal?

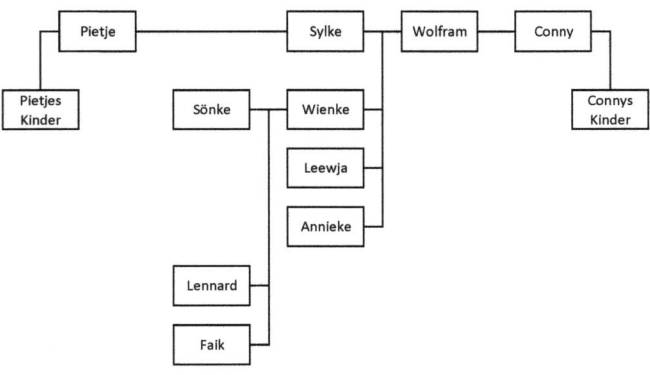

Und da wären ja auch noch Connys Kinder
und Pietjes Kinder ... Kinder, Kinder!

Sofort rief Wolfram Pietje an. Der fand tatsächlich einen Termin an einem der begehrten Adventswochenenden, der noch frei war, und reservierte die Hütte für die Geburtstagsgesellschaft. Die beiden Männer regelten die Organisation per Telefon und E-Mail unter sich, Anreise, Abreise, Personenzahl, Ausstattungsmerkmale, Zimmergröße für die Übernachtungen – alles perfekt. Ja, da konnten die Gäste schon am Donnerstag oder Freitag anreisen, für Essen würden Wolfram und Conny sorgen. Am Samstag konnten sie alle miteinander eine Wanderung auf den beliebten Brocken machen. Da könnten sich alle, die sich lange nicht gesehen hatten, gut unterhalten und am Abend noch Musik machen, Spiele spielen oder einfach den selbstgemachten süddeutschen Glühwein und den norddeutschen Glögg aus den Kesseln hin- und hertauschen. Und am Sonntag noch gemeinsam frühstücken und sich, jeder nach seinem Gusto oder nach seiner Entfernung nach zu Hause, für den Heimweg verabschieden. Ja, Wolfram arbeitete die Einladung mit diesen Informationen minutiös aus.

»Und an deine Söhne schickst du die Einladung doch auch raus, oder?«

Conny biss sich sofort auf die Zunge. Schon wieder mischte sie sich ein.

Doch Wolfram reagierte wie immer gelassen: »Ja, das ist eine gute Idee. Schließlich werde ich siebzig. Und bevor ich tatterig werde – vielleicht fassen sie sich ein Herz.«

Tatterig war er noch nicht, dachte sich Conny, aber sein immer noch sehr volles Haar war ganz und gar weiß geworden.

Wienke redete schon lange nicht mehr auf ihren Vater ein: Wann regelst du das endlich mit deinen Söhnen? Sie hatte ihr Leben in die Hand genommen. Lennard war inzwischen elf, und obwohl Sönkes Einstellung lautete »Meine Kinder müssen keine Akademiker werden!«, schickte sie ihren Sohn aufs Gymnasium. Auch weil dieser es wünschte.

Dort ging er nun in die fünfte Klasse. Faik war noch auf der Grundschule, in der dritten

Klasse. Ole, Stiefbruder und der älteste von allen, hatte eine Ausbildung zum Industriekaufmann begonnen. Die Zwillinge Thorben und Thore waren auf der Realschule, und Yaris ging auf die Sonderschule. Die Besuchszeiten der Jungs bei Sönke und Kristina waren in einigermaßen geregelte Bahnen gekommen, was für Entspannung in den Familien sorgte. Auch wenn Wienke hie und da noch ein Seufzen entfuhr. Weil Sönke es zum Beispiel immer noch nicht hinbekommen hatte, für die Jungs Schlüssel zu besorgen, sodass sie nach der Schule direkt bei ihm ins Haus kämen. »Nein, stattdessen müssen sie immer noch erst zu Oma, um den Schlüssel zu holen. Solche Sachen kriege ich einfach nicht mit ihm hin!« In ihrem Schulterzucken ließ sie Resignation erkennen, gleichzeitig aber fügte sie ein kleines Lächeln hinzu.

Wienke hatte gelernt, dass das Leben nicht perfekt war, und dass, wenn sie nicht selbst auf sich achtgab, niemand es für sie tun würde. Also nahm sie an Coachingkursen teil, die die Arbeitsagentur für wiedereinsteigende

Mütter anbot – und hatte den Mut, ihren alten Wunsch noch einmal anzupacken. Von Modedesign-Studium hatte sie Abstand genommen. »Dafür muss man jünger sein«, sagte sie. Sie schrieb sich an der Uni Hannover für das Studium Kulturwissenschaften ein. Es würde sie zwar eine Menge Organisation kosten, doch sie hatte mit Sönke gekämpft und erwirkt, dass er sie zeitlich entlasten würde, und sie hatte des Weiteren die Zusage von Sönkes Mutter, ihre Enkel zu unterstützen. Und ihre eigene Mutter wollte ihr auf alle Fälle unter die Arme greifen, wenn sie sich auf den neuen Weg machte.

Auch Wolfram hatte in diesem Jahr einen weiteren Versuch gestartet, Ordnung in sein Leben zu bringen und Kontakt zu seinen Söhnen herzustellen. Indem er nämlich auf Stayfriends Maiken anschrieb, Michaels Frau. Er stellte sich vor, schilderte seine Sicht der Dinge, erzählte von seinem Wunsch, seine Söhne kennenzulernen, und zeigte sein Bemühen, mit ihnen in Berührung zu kommen.

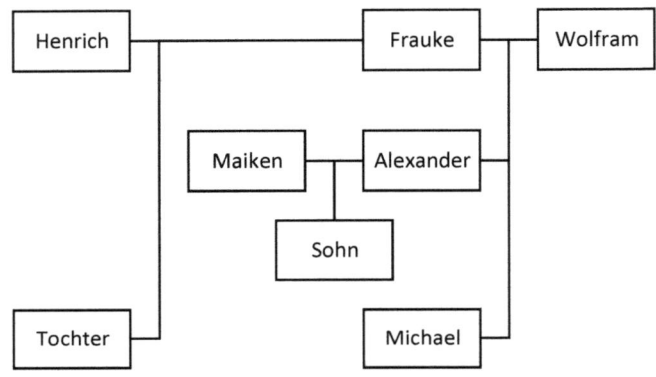

Das Geheimnis zwischen Frauke und Wolfram beschäftigt die folgende und womöglich noch die danach folgende Generation.

Maiken antwortete nicht. Doch rief sie seine Nachrichten immer auf, das konnte er sehen. Das machte ihm Mut. Das war immerhin keine Ablehnung!

Also wagte er es, Connys Vorschlag in die Tat umzusetzen: Maiken ein Treffen vorzuschlagen. Ein Blind Date, an einem Dienstagnachmittag um 15 Uhr in Wolfenbüttel im Café am Stadtmarkt. Sie müsse nicht zusagen, schrieb er ihr. Aber er würde im Café sitzen und auf sie warten. Ob sie sich das zutraue?

Er vereinbarte mit seinen Töchtern eine Besuchswoche und befand sich an jenem Dienstag bei Leewja in Braunschweig, von wo aus ein Bus im Stundenturnus nach Wolfenbüttel fuhr.

Conny bangte mit ihm in München, wo sie ihrer Arbeit nachging. Kurz vorher hatte Wolfram sie voller Unruhe angerufen. »Was ist, wenn sie nicht kommt?«

»Dann hast du's versucht. Ich bin sehr sicher, dass deine Nachricht die Maiken nicht kalt gelassen hat. Todsicher hat das in der Familie ein Gespräch angestoßen. Wir können aus dem Stayfriends-Profil vermuten, dass sie gemeinsam ein achtjähriges Kind haben. In dem Alter fragt ein Kind schon vehement nach, warum es seinen Großvater nicht kennenlernen kann. Wenn sich Michael querstellt, wird sie zumindest kurz darauf antworten. Wir können nicht wissen, in welchen Verhältnissen diese Familie lebt und zueinander steht. Vielleicht stellt Maiken einige Fragen an ihre Schwiegermutter Frauke. Deine Nachricht stiftet möglicherweise so viel Verwirrung, dass es Unruhe gibt. Und willst du wissen, was ich dazu denke? Ich fände es gut, wenn es sogar Streit gibt! Endlich mal ein Gefühl! Damit kommt wenigstens Bewegung in diese verkorkste Geschichte!« Connys Gesicht war heiß geworden und ihre Hände schwitzig. Die Hand, die nicht das Handy hielt, ballte sie zur Faust und schlug damit auf den Tisch.

Wolfram hörte still zu, sagte nur: »Du hast ja recht. Trotzdem habe ich Schiss.«

Connys Stimme wurde wieder sanfter. »Natürlich, das verstehe ich nur zu gut. Ich steh zu dir. Aber nichts machen – sieh mal, damit wurde ja über die vier Jahrzehnte auch nichts besser.«

Durch ihre Einmischung allerdings auch nicht, dachte sie zerknirscht bei sich. Wieder hatte sie ihre Nase in seine Angelegenheiten gesteckt, schalt sie sich. Am Ende war sie möglicherweise die Ursache für noch mehr Verkrustung. Doch andererseits war ihr klar: So eine Ursache wollte sie gerne sein. Nichts zu tun, damit konnte wiederum sie nicht leben. Sie wollte immer etwas tun. Die Dinge weiterbringen, zu Ende bringen. Ja, immer eine Lösung finden wollte sie, es musste doch eine Lösung geben! Doch hatte sie in ihrer eigenen Familie so manchen Zwist über die Jahre ebenfalls nicht lösen können. Vielleicht war es ja doch nicht möglich …

Wolfram klang tonlos, als er Conny später anrief: »Ich habe eine Stunde gewartet. Dann habe ich wieder den Bus nach Braunschweig zu meiner Leewja genommen. Sie hat mir ihren Schlüssel gegeben. Wir kochen uns heute Abend was Gutes, ich werde einkaufen gehen. Heute Nacht kann ich in ihrer Wohnung bleiben.«

Das große Geburtstagsfest war herangekommen.

Conny ertappte sich wieder und wieder, wie sie während der Tage auf der Hütte im Harz verstohlen die Tür im Blick behielt. Vielleicht erschien wenigstens einer? Sie hätte so gern gewusst, in welchem Ausmaß sie Wolfram ähnlich sahen.

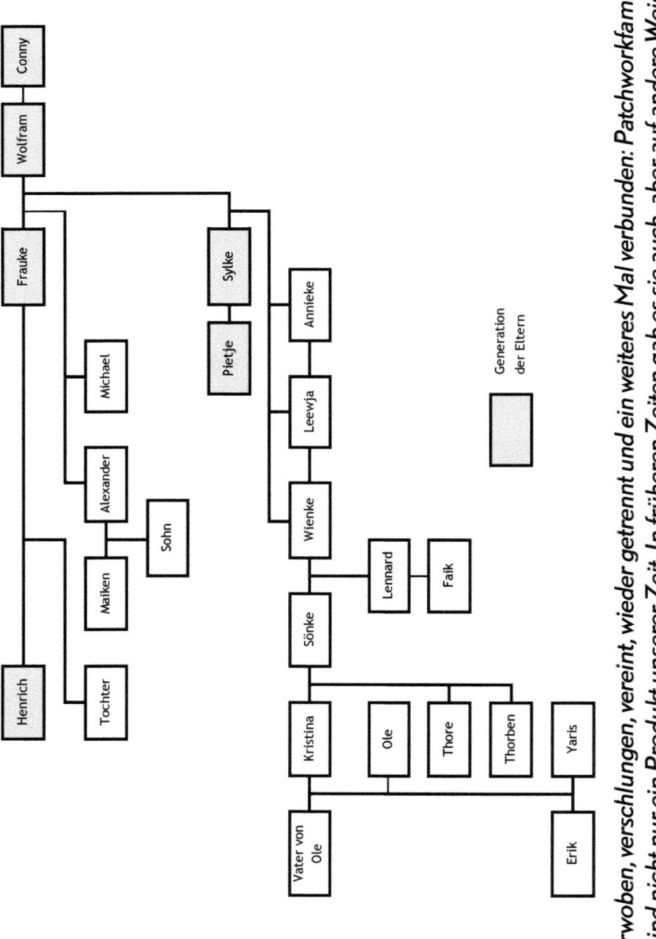

Verwoben, verschlungen, vereint, wieder getrennt und ein weiteres Mal verbunden: Patchworkfamilien sind nicht nur ein Produkt unserer Zeit. In früheren Zeiten gab es sie auch, aber auf andere Weise, denn sie entstanden eher durch den Tod von Ehegatten.

Auch Wolfram hoffte. Ob nicht vielleicht Michael oder Alexander oder beide ... Zu seinem Siebzigsten! Mein Gott, er wurde doch nicht mehr jünger!

Während der dreitägigen Feierlichkeiten war es wieder Conny, die Wolframs Töchtern gegenüber »seine Söhne« ansprach: »Wolfram hat sie eingeladen, aber es kam wieder keine Meldung.«

»Ich kann das nicht verstehen!«, sagte Wienke. »Jetzt, wo ich selber Mutter von zwei Söhnen bin, hätte ich unbedingt Interesse, dass sie ihren Vater kennenlernen. Und meine Jungs wollen ja auch selber schon alles wissen.«

»Nun ja, es war damals eine andere Zeit«, erwiderte Conny in Erinnerung an ihre eigene Scheidungsgeschichte vor über zwanzig Jahren. »Man konnte, glaube ich, nicht so offen mit Trennungen umgehen wie heute. Da gab es nur hop oder top. Und laut Wolframs Erzählung schätze ich Frauke ohnehin sehr strikt ein: entweder – oder. Dazwischen gibt es für sie nichts. Aber jeder entwickelt sich ja im Leben, mit den Umständen und mit den Erfahrungen. Ich versteh's doch auch nicht!« Sie zuckte ratlos mit den Schultern.

Da setzte sich Wienkes Mutter Sylke dazu. Sie hatte gehört, worum es ging.

»Frauke hat uns, also Wolfram und mich, mal mit den Zwillingen besucht, als sie noch ziemlich klein waren«, erzählte sie. »Sie war sehr schick aufgemacht, gab sich hochnäsig und kühl und schien eine lästige Pflicht zu erfüllen. Nach einer halben Stunde steckte sie die Zwillinge wieder ins Auto, schloss die Tür und zog ab. Sie gab uns nicht mal die Gelegenheit, uns von den zweien lieb zu verabschieden. Fuhr einfach weg, ohne Winken, ohne alles.«

Sylke sah Conny mitleidig an. Ihr war klar – und Conny auch – dass nun sie dieses Problem an der Backe hatte, weil Wolfram sich immer noch damit abquälte.

Wienke hatte die ganze Zeit still danebengesessen. Nun beugte sie sich mit einem Ruck nach vorne. Sie stellte ihre Ellbogen auf den Knien ab und legte ihr Kinn auf die verschränkten Hände, sodass sie ihrer Mutter direkt in die Augen blicken konnte.

»Zuerst habe ich ja an eine Übertragungsgeschichte geglaubt. Papas Zwillinge und so. Doch heute weiß ich, das alles gab mir erst die Kraft, meine eigene Geschichte durchzuziehen und meinen Seelenfrieden zu finden. So wie Michael und Alexander mit Papa umgehen, so sollen meine Söhne niemals mit Sönke umgehen! Ich rede vor ihnen nicht schlecht über ihn. Meine Kinder sollen ihren Vater schätzen, nicht verachten und zurückweisen. Das ist mir ungemein wichtig. Ihnen zuliebe und weil wir uns ja weiterhin immer neu abstimmen müssen, habe ich sogar meinen Groll auf Kristina aufgegeben. Unser Umgang hat sich inzwischen freundschaftlich entwickelt. Uns beschäftigt ja dieselbe Frage: Wie kriegen wir Sönke dahin, wo wir ihn haben wollen?«, lachte sie. Auch Sylke lachte.

Doch Leewja, die mittlere der drei Schwestern, schüttelte den Kopf.

»Weißt du«, wandte sie sich an Conny, »ich bin mir gar nicht mehr so sicher, dass ich

Kontakt mit ihnen möchte. Ob ich bei einer Begegnung mit Michael und Alexander nicht patzig wäre. Die sitzen auf einem sehr hohen Ross. Ich war ja noch ein Kind, damals, aber ich habe sehr genau mitgekriegt, wie meine Eltern sparen mussten, sich nicht viel Urlaub leisten konnten. Wir waren ja drei Kinder, und jeden Monat musste Papa tausend Mark an Frauke zahlen, dabei hat er nie was von seinen Söhnen gehabt! Papa hat immer viel gearbeitet, hat neben seinem Beruf noch mehrere Nebenjobs angenommen, damit er alles auf die Reihe kriegt. Wir Kinder hätten gern mehr Zeit mit ihm verbracht. Und nie kriegten wir unsere Halbbrüder zu Gesicht, immer musste Papa nur zahlen. Frauke muss sie extrem gegen uns und Papa eingenommen haben. Papa zahlte fast zwei Jahrzehnte und durfte seine Jungs nur sehr selten sehen. Als die Jungs neunzehn waren und dann vor Gericht auch noch von Papas Nebenjob-Einkommen ihren Anteil einklagen wollten, gab der Richter Papa recht: Nein, der Nebenjob war sein eigenes Engagement! Und das brauchte nicht für die Unterhaltszahlung an seine Söhne herangezogen werden. Das dürfe er ganz für sich und seine Familie behalten. Und die Söhne hätten ja nun ihre Ausbildung beendet und ihr eigenes Einkommen.

Die Begegnung vor Gericht war seit ihren Kindertagen die erste und letzte zwischen Papa und seinen Söhnen. Sie haben sich niemals blicken lassen oder von sich aus gemeldet. Und wenn Papa sich zweimal auf dem Postweg bei einem von ihnen, von dem er eine aktuelle Adresse hatte, meldete, kam jedes Mal eine extrem ablehnende Antwort. Nein, sie wollen nichts mit Herrn Schepers zu tun haben.

Alles lief immer nur kalt und abweisend! Es hat mir unglaublich wehgetan, als Papa letztens in Wolfenbüttel Maiken im Café hat treffen wollen. Ich fand das extrem mutig von ihm. Er kam als Wrack bei mir zu Hause an. Zusammengefallen, blass, abgekämpft. Er tat mir so leid. Ich hab ihm dann was Gutes gekocht. Nein, die sind es nicht wert!«

Eine Zornesfalte hatte sich zwischen ihren

brauen Augen gebildet. Ihre Stimme erhob sich noch mehr, und sie wiederholte:

»Die sind es nicht wert! Am Ende sind es Arschlöcher, und dann hab ich die Gewissheit, diese Arschlöcher sind meine Halbbrüder, um die ich mir so viele Gedanken gemacht habe!«

Wolfram war nun schon seit mehreren Jahren Rentner und hatte genug Zeit, sich intensiv und mit Freuden mit den genealogischen Vorarbeiten seines Vaters zu beschäftigen. Da gab es eine Menge Material. Hunderte von Schwarzweißfotos von achtzehnhundertirgendwas über die Jahrhundertwende bis zum Zweiten Weltkrieg. Dokumente von Flucht und Vertreibung seines Vaters aus dem Elsass, von der dort jeweils wechselnden Germanisierung und Französisierung nach den beiden Weltkriegen, von abgebrannten Geschäfts- und Wohnhäusern der Familie, von Lieferscheinen der Fabrik des Urgroßvaters, vom Tod mehrerer Tanten durch die Spanische Grippe oder durch einfache Entzündungen in den Neunzehnhundertzwanziger

Jahren, weil das Penicillin noch nicht entdeckt war. Eine akribisch ausgearbeitete Ahnentafel hing im Großformat an der Wohnzimmerwand.

Diese Dokumente hatte Wolfram mit zeitgeschichtlichen und politischen Informationen verknüpft und zu einem Buch verarbeitet. Wieder dachte er dabei an Michael und Alexander. Fein säuberlich hatte bereits sein Vater die Namen seiner Enkelsöhne in die Ahnentafel eingetragen. Mit dem fremden Nachnamen: Udolph. Denn Wolfram Schepers hatte mit der Heirat Fraukes Nachnamen angenommen. Damit hatte sein Vater damals, als diese Neuerung des Namenrechts in den Siebzigern aufkam, sehr große Schwierigkeiten gehabt und größtes Unverständnis gezeigt, erinnerte sich Wolfram. Erst nach der Scheidung nahm er wieder seinen ursprünglichen Familiennamen Schepers an. In Wolframs reich bebildertem Buch würden Ähnlichkeiten in den Fotos der Verwandten zu entdecken sein. Das würde seine Söhne doch bestimmt interessieren. Dieses Buch wollte er bis Mitte Dezember fertig gedruckt haben und ihnen zu Weihnachten per Post schicken. Diesen Plan teilte er Conny mit – und natürlich fand sie ihn gut!

Sie hatte auf der Geburtstagsfeier seines Siebzigsten auf der Hütte reichlich Fotos von allen Anwesenden geschossen, von Wolfram und von Lennard und Faik. Sie hatte auch Videos gedreht von seinen Töchtern, als sie, von Annieke auf der Gitarre begleitet, für Wolfram Lieder im dreistimmigen Satz vorsangen. Ja, er hatte viel gesungen mit ihnen und ein tolles Repertoire mit ihnen eingeübt, als sie noch kleiner waren, als sie noch in einer Familie im gemeinsamen Heim wohnten: »Donna Donna« nach Joan Baez. »Sunny Afternoon« von den Kinks, ein bisschen Beatles, ein wenig Stones. Wie perfekt sie aufeinander abgestimmt waren, alle drei konnten die Texte auswendig! Conny versank in Genuss, wenn auch Wolfram mal endlich wieder Gitarre spielte. Dazu die klaren und sicheren Stimmen seiner Mädels.

Ihre Videos könnte Conny auf DVD brennen und Michael und Alexander und ihren Familien zusammen mit dem Buch zukommen lassen. Das würden sie doch sicher mit Interesse anschauen! Wenn auch mit verhohlenem Interesse. Ihre Hoffnung hatte bereits mehrere Dämpfer bekommen.

Am Dienstag nach der Feier wieder zu Hause in München, sah Wolfram seine Post auf dem PC durch, woraufhin er unvermittelt aufstand, sich erregt eine Zigarette drehte und auf den Balkon ging. Conny folgte ihm. Sie stellte sich neben ihn und wartete, während sie seine gelb angedunkelten Finger betrachtete, zwischen denen er die Zigarette hielt. Unvermittelt erzählte er: »Michael hat den Zugriff auf Stayfriends für mich geschlossen. Ich darf seinen Account nicht mehr einsehen.«

Nur noch knappe zwei Wochen waren es bis Weihnachten. Auf den Christkindlmärkten in München herrschte reger Betrieb, zumal es geschneit hatte und die reich mit allerlei Christbaumschmuck, Kunsthandwerk,

Krippenfiguren oder warmen Stricksocken und -mützen bestückten Holzstände auf ihren Dächern wie verzuckert schienen. Conny und Wolfram drängten sich unter die vielen Besucher. An einem der zahlreichen Bratwurststände auf dem Marienplatz kauften sie sich je eine Bratwurst in der Semmel und drückten mittelscharfen Senf aus dem großen Eimer hinein. Conny erinnerte sich an den Weihnachtsmarktbesuch in Wolfenbüttel. Nein, hier in München brauchte sie sicher nicht nach Michaels und Alexanders Ausschau halten. Vielleicht war es doch keine gute Idee, ihnen die Fotos und Videos von der Geburtstagsfeier zu schicken. Sie einfach in Ruhe lassen sollte sie. Vielleicht hatten sie ja ihren Frieden gefunden. Frieden! Was war das gleich wieder? Den anderen sein Leben führen lassen. Conny atmete tief durch. Entspannte ihre Stirnfalten. Und ließ sich einfach darauf ein: Michael und Alexander würden im kommenden Jahr vierzig werden. Sie waren wirklich erwachsen und wussten, was sie taten. Loslassen – auch das konnte Frieden bewirken.

Wolfram hatte seit Monaten über Schmerzen in der Lunge geklagt. Sein Besuch beim Arzt und dessen ausweichende Aussagen verhießen nichts Gutes.

Auf ihrem Bummel durch die Innenstadt gelangten Conny und Wolfram zum ersten Mal auf den Pink Christmas am Stephansplatz, von dem sie schon viel gehört hatten. Hier boten die Standbetreiber neben ungewohntem Weihnachtsambiente einen neuen Glühmost aus Birnensaft an, der den beiden hervorragend schmeckte. Vielleicht mussten sie sich auch sonst auf Neues einstellen, gar auf neues Schreckliches. Eine andere Einstellung einnehmen. Eine, mit der sie Frieden finden konnten, sie und Wolfram. Ohne Angst vor Zurückweisung.

»Ich denke manchmal über eine Seebestattung nach. Ich liebe die Nordsee. Und du auch. Und ich wäre auch meinen Töchtern oben im Norden ein wenig nah.«

Jetzt war es heraus. Natürlich hatte auch Conny schon über sein mögliches Ende nachgedacht. Manchmal half ein wenig Humor über todernste Situationen hinweg, hatte sie gelernt, und sie verzog ihr Gesicht zu einem vorsichtigen Grinsen, als sie ihn anblickte.

»Du könntest dich im Friedwald von Wolfenbüttel begraben lassen. Dann können dich deine Söhne wenigstens dort mal besuchen.«

Ein feines, leichtes Lachen strömte aus seinem Mund. »Vielleicht ist das der wahre Frieden: Die eigene Position loslassen. Es laufenlassen. Jeder nach seiner Façon. Ich habe in dir eine wundervolle Frau gehabt, und ich durfte wunderbare Töchter begleiten, die ich über alles liebe, und sie lieben mich, das weiß ich. Liebe deinen Nächsten wie dich selbst. Ich habe meine Söhne losgelassen, indem ich mich nicht mehr von ihrer Ablehnung kränken lasse. Erinnerst du dich an die Stammbäume, die in der Herzog August Bibliothek in Wolfenbüttel ausgestellt waren? Sowieso wäre der Stammbaum mit meinen Söhnen noch komplizierter geworden, als er ohnehin schon ist.« Ein verschmitztes Lächeln drückte sich um seine Lippen und zeigte die Kanten vergilbter Zähne.

Es war längst dunkel geworden. Pinkfarbene Lichter blinkten rings um den kleinen Markt. Die Bühne wurde soeben für die Auftritte der Travestie-Künstler um 19 Uhr vorbereitet.

»The show must go on. Das ist unser Weihnachtsfrieden. Ich liebe dich! Aber jetzt hab ich schon wieder Hunger. Lass uns noch eine Bratwurst holen und beim Essen die Leute beobachten. Same procedure as every year. Ich will eine rote. Und du eine weiße, stimmt's?«

»Moment mal«, sagte sie, »heißt das …«

»Ja, das heißt, ich nehme sie raus. Sowohl Alexander und Michael als auch Frauke. Sie erscheinen nicht in unserem Stammbaum. So wie sie es wollen.«

Conny nahm ihre weiße Bratwurst entgegen und drückte mittelscharfen Senf aus dem großen Eimer drauf. Dann spreizte sie die Bratwurst in der Semmel weit ab und lehnte ihren Kopf an seine kalte Jacke.

»Ich habe so viel von dir gelernt«, sagte sie.

Nachher

Wissenswertes zu Stammbaum und Co.

Die Inspiration für die Reiseerzählung »Der sperrige Stammbaum« erhielt ich bei einem Besuch in Norddeutschland, wo man sich in der Familie meines Mannes intensiv mit den Vorkommnissen in der nahen Verwandtschaft auseinandersetzte. Manche Ereignisse habe ich so wie beschrieben herausgehört. Andere habe ich mit der Freiheit der Erzählerin hinzugedichtet. Mich hat diese Geschichte jedenfalls so beschäftigt, dass ich sie niederschreiben musste – und sie in »Rosis Reiseerzählungen« als Band 3 als eine Lebensreise einreihte, selbst wenn die Hauptperson diesmal nicht Rosi ist, sondern Conny. Wenn ich mit »Der sperrige Stammbaum« einige meiner Leser*innen anregen kann, den ersten Schritt zur Versöhnung in der Familie zu tun, würde mich das sehr freuen. Vielleicht eröffnet ein mutiges Vordringen in die eigene Vergangenheit ja den Blick auf ein noch besseres oder gar glücklicheres Leben?

Das Phänomen der Patchworkfamilien ist nicht so neu, wie man meinen könnte. In früheren Zeiten zwang häufig der frühe Tod eines Ehegatten zu einer erneuten Heirat (um zum Beispiel die Kinder und den Hof zu versorgen) und damit zu einem neuen Stammbaum-Ast oder einem Zusammenwürfeln der Kinder.

Im Folgenden nehme ich euch Leser*innen noch auf einen kleinen Ausflug in die Familienforschung mit.

Der Stammbaum ist eine althergebrachte Darstellungsform, um, ausgehend von einem Vorfahren, der den Stamm bildet, die Nachkommen dieses Vorfahren aufzuzeigen. Dieses Bild war vor allem bei Adelsfamilien weit verbreitet, um damit die Abstammung von einem ganz bestimmten adeligen Vorfahren, oft auch Stammvater genannt, zu belegen, so zum Beispiel dem ältesten Wittelsbacher, dem ältesten Welfen, dem ältesten Habsburger, was sich in der Erbfolge auswirkte. Von einem Stamm zweigen Äste ab, darauf sind die Kinder genannt, in der nächsten Abzweigungsstufe die Enkel, dann die Urenkel und so fort. Da unsere Gesellschaft patriarchalisch geprägt war, wurden Frauen häufig nicht erwähnt und nicht als »Stammmütter« genannt.

Scharen von Genealogen beschäftigen sich heute weltweit in ihren Verbänden mit Familiendaten und deren Austausch und Zuordnung. Während Familienforscher früher mühsame Reisen unternehmen mussten, um zum Beispiel in Kirchenbüchern entfernter Orte Geburts-, Tauf-, Heirats- oder Sterbedaten ausfindig zu machen, kann man heutzutage Milliarden von Dateneinspeisungen im Internet finden. Einen großen Beitrag dazu hat eine besondere religiöse Gruppe geleistet: die Mormonen. Sie haben riesige Datenbanken angelegt und möchten damit längst verstorbenen Vorfahren durch einen lebenden Stellvertreter eine Taufe und Aufnahme in die Mormonengemeinde ermöglichen. Damit können, nach ihrem Glauben, Verstorbene wenigstens im Jenseits auf den richtigen Weg kommen. Andere Menschen haben die handschriftlichen Listen der Passagiere auf den Auswandererschiffen nach Amerika digitalisiert, und wieder andere haben Spaß daran gehabt, Grabsteine auf allerlei Friedhöfen zu fotografieren und die so gesammelten Namen strukturiert auf entsprechenden Websites wiederzugeben, wo sie ein moderner Ahnenforscher finden und auswerten kann.

Im Gegensatz zum Stammbaum ist die Ahnentafel eine Aufstellung, in der die Vorfahren eines Menschen, seine Ahnen, in der Regel von der jüngsten Generation ausgehend, aufgeführt werden, also: seine beiden Eltern (eine Generation zurück), seine vier Großeltern (zwei Generationen zurück), seine acht Urgroßeltern (drei Generationen zurück) und so weiter.

Eine schlüssige Durchnummerierung der naturgemäß weiten Verzweigungen wurde nach dem Genealogen Stephan Kekule von Stradonitz (1863–1933) benannt. Das Kekule-System hat sich weltweit in der Ahnenforschung bewährt. Es baut auf einer Person oder Geschwisterreihe auf, und da diese den Beginn der Ahnentafel ausmacht, vergab Kekule an sie die Nummer 1 und nannte sie »Proband«:

1 = Proband (unabhängig von seinem Geschlecht)

2–3 = Eltern

4–7 = Großeltern

8–15 = Urgroßeltern

Die väterliche Seite wird immer links dargestellt, die mütterliche rechts auf der Ahnentafel, wobei die Frau jeweils die Ziffer ihres Gatten plus eins erhält.

Der Zweck einer solchen Übersicht war in früheren Zeiten unter anderem, Verwandtschaftsverhältnisse herauszufinden, um nicht zu intensiv innerhalb von Familien zu heiraten (Inzucht).

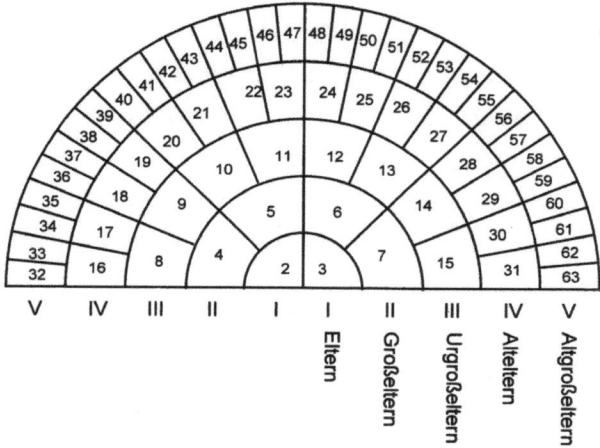

V IV III II I I II III IV V

Eltern | Großeltern | Urgroßeltern | Alteltern | Altgroßeltern

Mit dem Kekule-System kann man schnell eine sehr über-
sichtliche Ahnenaufzählung darstellen. Der größere Auf-
wand wird wohl in jeder Familie sein, die entsprechenden
Namen – über Großeltern oder Urgroßeltern hinaus – her-
auszufinden.

Natürlich stelle ich hier nur einen kleinen
Ausschnitt aus dem weiten Feld der Ahnenforschung heraus. In Fachbüchern und im
Netz sind dazu viele Informationen zu finden.
Und weil ich es in diesem Zusammenhang
sehr wertvoll finde, möchte ich auch noch
das Genogramm oder Genosoziogramm

erwähnen, das häufig für therapeutische Zwecke verwendet wird. Medizinische, psychologische, sozialpädagogische und weitere Aspekte geben darin Aufschluss über gehäuft aufgetretene Lebensereignisse in der Familiengeschichte und können für Analysen zum Beispiel von Erbkrankheiten und zu künftiger Auflösung dienen.

Hier endet mein Ausflug in die Theorie, und ich spanne erneut den Bogen zu Wienke. Sie war erst zwanzig und kannte den Begriff »Genogramm« nicht einmal, und dennoch spürte sie als Tochter eine Ahnung. Also sprach sie ihren Vater darauf an: »Wann willst du denn das mit deinen Söhnen endlich regeln, Papa? Merkst du was? Ich habe jetzt die Zwillinge von Sönke in meinem Leben. Zwillinge! So wie du auch. Ist das aber nicht Übertragung? Übernehme ich hier eine Aufarbeitung, die eigentlich deine Aufgabe wäre?«

Ich wünsche euch – ach ja, und mir natürlich genauso – ein glückliches Händchen beim

Bergen unserer »Leichen im Keller der Familie«.

Eure
Irmgard Rosina Bauer

www.irmgardrosina.de
Instagram
Facebook
Twitter
YouTube

Danke ...

an alle, die mich bei der Entstehung dieses Büchleins begleitet haben. Dazu gehört ganz besonders Sweniy, die mir freimütig einen Teil ihrer Geschichte abgegeben hat. Aber auch Conny und Wolfram, die inkognito bleiben wollen, aber gesagt haben: »Ja, schreib unsere Lebensreise auf, vielleicht hilft sie irgendwem.«

Danke ...

an die Testleser*innen, die mir die Stellen genannt haben, an denen ich noch nachbessern musste, weil sie in der Fülle der vorkommenden Namen nicht mehr durchgeblickt haben.

Danke ...

an Sabine für die Idee, eine Familienübersicht »wie einen Stammbaum« zu erstellen, um den Leser*innen die Orientierung zu erleichtern.

Danke …

für die professionelle Arbeit meines Lektors Marek, der Korrektorin Andrea, der Covergestalterin Sania, des Layouters Peter und überhaupt der Agentur Pageturner Production für die Weitergabe ihres Know-hows.

Danke …

ganz besonders herzlich all meinen Lieben (Partner, Kinder, Enkelkinder, Freundinnen und Freunde), die mich immer wieder zum Schreiben motivieren und mich für das entstehende Buch freigestellt haben.

Danke …

an alle anderen, die mich durch persönliche Informationen zu dieser Geschichte unterstützt haben, dies aber nicht gesondert erwähnt haben wollen.

Von

IRMGARD ROSINA BAUER

sind bereits erschienen:

»Ich liebe die Berge. Dass das so ist, wusste ich nicht immer. Und überhaupt wusste ich nicht viel darüber, was ich liebe und was nicht. Das Leben kam über mich, ungefiltert, jahrzehntelang sagte ich zu allem Ja, und es war irgendwie in Ordnung so – bis ich durch einen Burnout ausgebremst wurde. So also ging es nicht mehr weiter, aber wie dann?«

Rosi ist zweiundfünfzig. In den vergangenen drei Jahrzehnten hat sie vier Kinder großgezogen und ihrem Mann in seinem Delikatessen-Laden geholfen. Da war keine Zeit, um sich mit sich selbst und den eigenen Bedürfnissen zu beschäftigen. Nun erfüllt sie sich einen alten Wunsch und zieht alleine los nach Südfrankreich. Mit Merkür, ihrem Mini-Van, mit viel Angst vor ihrer eigenen Spontaneität und mit wenig Geld: Nur zehn Euro will sie pro Tag ausgeben. Während sie dabei öfter an ihre Grenzen stößt, gewährt sie ihrer Abenteuerlust freie Wildbahn und kann viele ihrer Ängste erkennen und relativieren; und ganz nebenbei ihr altes Leben abstreifen. Ihr schlechter Orientierungssinn ist dabei nur eines von vielen Hindernissen auf ihrer andauernden Suche nach optimalen Verhältnissen.

IRMGARD ROSINA BAUER

Und sonst nichts

REISEROMAN

Reiseroman – nach Südfrankreich und nach innen

BoD – Books on Demand, Norderstedt 2020, 320 Seiten
ISBN 978-3-7504-8051-3 (Taschenbuch)
ISBN 978-3-7504-8051-6 (E-Book)

Dieses Buch ist ein Brief an Marieke, eine Bekanntschaft aus Hamburg. Und eine Hommage an die Berge, trotz all ihrer Gefahren und Unwägbarkeiten, die es da zu bewältigen gilt. Ein Buch für alle, die eine Sehnsucht nach den Bergen verspüren – oder dies selbst noch gar nicht wissen. Ein Mutmacher, aufzubrechen und das Abenteuer »Alpen« – oder »Leben«? – zu wagen.

Zusammen mit Isa erfüllt sich die Autorin einen Herzenswunsch: eine mehrtägige Tour durch die mächtigen Lechtaler Hochalpen mit ihren gewaltigen Gipfeln zu unternehmen, inklusive Übernachtung auf hochgelegenen Hütten. Natürlich ohne Supermarkt auf dem Weg. Marieke wohnt in Hamburg und möchte so gerne auch einmal in die Hochalpen. Ob sie sich von den Erlebnissen – mit all ihren Freuden und Ängsten – der beiden Münchnerinnen abschrecken lässt oder erst recht Lust auf Bergluft bekommt?

IRMGARD ROSINA BAUER

Alpen
für
Marieke

Rosis Reiseerzählungen Band 1

ZWEI MÜNCHNERINNEN ZIEHEN
ALLEINE DURCH DIE HOCHALPEN

Band 1 aus Rosis Reiseerzählungen

BoD – Books on Demand, Norderstedt
ISBN 978-3-7543-0080-0 (Taschenbuch)
ISBN 978-3-7543-0080-6 (E-Book)

Mama ist unterwegs ...
- in der Hippie-Szene in Andalusien,
- als Backpackerin auf Bali,
- auf Ahnenbesuch in Siebenbürgen,
- in der Türkei auf eigenen Wegen
- und in Südfrankreich, muss aber zurück, weil einer
ihrer Söhne schwer erkrankt.

Irmgard Rosina Bauer alias Muttl – wie ihre vier erwachsenen Kinder sie liebevoll nennen – erzählt in fünf Kurzgeschichten aus fünf Ländern, wie viel Mut es erfordert, sich auf den Prozess des Loslassens einzulassen. Sie schildert auch die oft recht gegensätzlichen Sichtweisen der Generationen, alltagstauglich und mit einem Augenzwinkern.

IRMGARD ROSINA BAUER

Mutti auf Reisen

Rosis Reiseerzählungen Band 2

EINE MUTTER LERNT BEIM REISEN
MIT UND ZU IHREN ERWACHSENEN
KINDERN DAS LOSLASSEN.

Band 2 aus Rosis Reiseerzählungen

BoD – Books on Demand, Norderstedt
ISBN 978-3-7543-3098-2 (Taschenbuch)
ISBN 978-3-7534-9701-3 (E-Book)

Sophie alias Susanne alias S. ist gefangen in ihren Prinzipien: Ein Macho darf ein Macho sein und eine Ehe muss man um jeden Preis aufrechterhalten. Zumal Sophie mit ihrem Mann vier Kinder hat und Scheidungen »damals« noch nicht so üblich waren wie heute.

Die verschiedenen Frauenrollen in den Geschichten einer einzigen Frau lassen über Jahrzehnte tief in ihr Herz sehen. Ihr gemeinsames Ziel heißt, einmal sagen zu können: Ich liebe mein Leben.

Auf ihrem Kurs dorthin erringt Sophie alias Susanne alias S. neue Freiheiten und fällt doch immer wieder zurück. Sie sucht nach Anerkennung und erleidet darüber einen Burn-out. Sie will heraus aus ihrer Opferrolle, doch der Weg dahin ist weit ...

»Das Leben könnte so schwer sein« ist eine packende Lebensgeschichte in dreizehneinhalb meist wahren Geschichten.

Irmgard Rosina Bauer

Das Leben könnte so **schwer** sein

Roman

in dreizehneinhalb Geschichten

ⓝ tredition·

Roman in dreizehneinhalb Geschichten

tredition Verlag, Hamburg 2016, 153 Seiten
ISBN 978-3-7345-7098-8 (Taschenbuch)
ISBN 978-3-7345-7098-0 (E-Book)